ARCHICONFRÉRIE

DE

SAINT-LEU

DOUZE CANTIQUES

A LA TRÈS-SAINTE VIERGE

Paroles

De M. l'Abbé CATHELIN.

ARCHICONFRÉRIE

DE

SAINT-LEU

1862

IMMACULÉE CONCEPTION

Qu'elle est touchante et pure !
Un regard de ses yeux
Réjouit la nature,
Illumine les Cieux.

Les Anges en silence
Contemplent sa beauté,
Et de son innocence
La douce majesté.

     Qu'elle est. . . . . etc.

Son Trône est la lumière ;
Et le Dieu créateur
La revêt tout entière
De gloire et de splendeur.

     Qu'elle est. . . . . etc.

Jamais, ô Vierge Sainte,
Votre cœur virginal
N'a ressenti l'atteinte
Ou le souffle du mal.

      Qu'elle est. . . . . etc.

Astre au malheur fidèle,
Astre puissant et doux,
Guidez notre nacelle
Sur les flots en courroux !

      Qu'elle est. . . . . etc.

A vos pieds, dans la gloire,
Nous chanterons un jour
L'hymne de la victoire,
Après l'hymne d'amour.

      Qu'elle est touchante, etc.

MARIE

PATRONNE DU NAUTONNIER.

Hélas ! mon pauvre frère,
Quand il avait la foi,
Au pied du Sanctuaire,
Il priait avec moi.

Près du Dieu qui pardonne
Ah ! soyez son appui !
Marie, ô ma patronne,
Priez, priez pour lui !

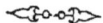

Quelle douleur amère
S'empara de mon cœur,
Quand, à l'heure dernière,
Il dit : Adieu ma sœur !

  Près du Dieu, etc.

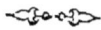

Aux clartés de l'orage,
Au bruit confus des vents,
Il partit, et la plage
Redisait mes accents :

    Près du Dieu, etc.

Sur les flots en furie
Il affronte la mort :
O divine Marie,
Guidez-le vers le port !

    Près du Dieu, etc.

Elle dit, et des larmes
Vinrent mouiller ses yeux.
Ah ! bannis tes alarmes,
Ton frère !... Il est aux Cieux !

Près du Dieu qui pardonne
Marie est son appui,
Marie est sa patronne,
Et prie encor pour lui !

VIERGE CLÉMENTE

Quand la nature renaissante
Revêt sa parure brillante,
Quand, au printemps, le Ciel plus pur,
S'éclaire de feux et d'azur,
Qu'il nous est doux, ô notre Mère,
D'entourer votre Sanctuaire,
De célébrer vos vertus, vos bienfaits !

Vous êtes la Vierge clémente
Dont la bonté compatissante
Obtient le pardon aux pécheurs,
Veille sur nous, sèche nos pleurs.
Au repentir soyez propice,
Apaisez pour nous la justice
Du Dieu qu'en vain on n'implora jamais !

Sous vos regards, douce Marie,
Mon cœur se ranime à la vie ;
Votre sourire à ma douleur
Est un rayon consolateur.
Sur nous brillez, ô blanche Étoile,
Dirigez toujours notre voile
Loin des écueils et des flots orageux.

Quand sonnera l'heure dernière,
Ah ! recueillez notre prière,
Inspirez-nous, au dernier jour,
La foi, l'espérance et l'amour.
Marie, ô mère de clémence,
Accordez-nous votre assistance,
Et le Sauveur nous ouvrira les Cieux !

MARIE

MÈRE D'ESPÉRANCE.

Le Sauveur, sur la Croix, à son heure dernière,
En mourant, se souvint de l'homme malheureux ;
Pour gage d'espérance, il lui donna sa Mère,
Sa Mère, le trésor de la terre et des Cieux !

CHOEUR.

Venez, ô cœurs flétris, brisés par la souffrance,
A l'autel de Marie implorer le secours ;
Marie, avec l'amour, vous rendra l'espérance
Et la paix et la joie, ainsi qu'aux plus beaux jours.

Le nautonnier, battu par la vague en furie,
A vu sa mère en pleurs accourir près du bord,
Pour son fils en péril elle a prié Marie,
Et la Vierge puissante a détourné la mort.

Venez, ô cœurs flétris...., etc.

Pourquoi, pauvre captif, sur la terre étrangère,
Te plaindre de l'exil et gémir sans espoir ?
As-tu donc oublié que Marie est ta mère,
Et que, pour t'affranchir, elle n'a qu'à vouloir ?

Venez, ô cœurs flétris....., etc.

Et toi, dont les douleurs ont flétri la jeunesse,
Et dont le front pâli se penche avec langueur,
Pauvre malade, espère !... à ces jours de tristesse
Succédera l'azur d'un jour consolateur.

Venez, ô cœurs flétris....., etc.

Pécheurs, qui de Jésus redoutez la justice,
Voici votre Refuge ! Accourez dans ses bras !
Elle étendra sur vous son ombre protectrice ;
Son cœur vous est ouvert, vous ne périrez pas !

Venez, ô cœurs flétris....., etc.

MÈRE DE GRÂCE

Mère de grâce, à votre Sanctuaire,
Nous déposons l'hommage de nos cœurs !
A notre amour, à notre humble prière
Daignez sourire et calmer nos douleurs.
Sous vos regards, notre timide enfance
S'épanouit, douce fleur au matin ;
Vous préservez la fragile innocence,
Vous dirigez les pas du pélerin.

Votre bonté ranime l'espérance
Au cœur flétri par le souffle du mal ;
Votre prière appelle la clémence
Sur ceux qu'entraîne un oubli trop fatal.
Vous apaisez de l'âme repentante
Les longs regrets, les trop justes frayeurs ;
Votre douceur, votre bonté touchante
Répand la joie où n'étaient que les pleurs.

O douce, ô tendre, ô pieuse Marie,
Accordez-nous votre puissant secours,
Et qu'ici-bas, loin de notre patrie,
Justes, pécheurs, nous vous aimions toujours !
Brillez sur nous, ô radieuse aurore,
Astre du Ciel, qui n'a pas de déclin ;
Mère de Dieu, notre cœur vous implore :
A vos enfants, tendez, tendez la main.

MARIE A SON ENFANT INFIDÈLE

Des faux plaisirs la séduisante image
Loin de ton Dieu t'entraîne, ô mon enfant !
Tu veux me fuir !... mais hélas, à ton âge,
As-tu compris le malheur qni t'attend ?
L'espoir t'abuse, une vaine chimère
Charme, fascine et captive ton cœur !
Ah ! que la voix, les larmes de ta Mère
Enfant chéri, dissipent ton erreur !

Quoi ! tu perdrais la brillante couronne
Que sur ton front déposa la vertu !
Quand la nacelle au torrent s'abandonne,
Elle se brise au rivage inconnu !
Sous mes regards et dans mon sanctuaire,
Tu peux des flots conjurer la fureur :
Ah ! que la voix, les larmes de ta Mère
Enfant chéri, dissipent ton erreur !

As-tu du Ciel abdiqué la conquête
De ton bonheur perdu le souvenir ?
Ah ! laisse-moi détourner de ta tête
Le bras vengeur du Dieu prêt à punir !
Je puis encor, je puis par ma prière
Fléchir le Ciel, t'arracher au malheur ;
Enfant chéri, les larmes de ta Mère
T'auront sauvé de ta coupable erreur !

LE PÉCHEUR REPENTANT

AUX PIEDS DE MARIE

Seigneur, écoutez la prière
D'un cœur contrit, humilié ;
Voyez mes pleurs et ma misère,
De votre enfant ayez pitié !
J'ai méconnu votre loi sainte,
Aux pieds j'ai foulé mes serments ;
En proie aux remords, à la crainte,
Je rougis, je me repents :
Seigneur, écoutez ma prière ;
Si j'ai péché, je me repents.

Et vous, Marie, ô mon refuge,
O mon espoir dans l'abandon,
Pour votre enfant, du juste Juge,
Implorez l'oubli, le pardon.

Oui, j'ai provoqué sa colère,
Les coups de son bras irrité !...
Mais vous êtes toujours ma Mère,
J'implore votre bonté !
Tendre Marie, ô mon refuge !
J'implore ici votre bonté.

Mon cœur renaît à l'espérance ;
Moins déchirante est ma douleur,
Moins lourd le poids de ma souffrance,
De mes remords, de mon malheur !
Votre secours, votre prière,
Marie, ont sauvé le pécheur.
Par vous a brillé la lumière
Qui me ramène au Sauveur.
Ah ! je n'ai pas que l'espérance !
J'ai déjà plus !..... J'ai le bonheur.

RETOUR

A L'AUTEL DE MARIE.

O pieux Sanctuaire,
Où j'ai goûté la paix du cœur,
Combien de fois mes larmes, ma prière
Ici m'ont rendu le bonheur !
O Marie ! Ingrat et coupable
J'ai fermé l'oreille à ta voix ;
A ton enfant, ô mère aimable,
Ouvre ton cœur une dernière fois !

Vierge Consolatrice,
Reçois mes pleurs, entends mes vœux,
Sous tes regards, ô douce Protectrice,
Je puis encore renaître aux Cieux !
Loin de ces lieux où mon enfance
Vit s'écouler ses plus beaux jours,
J'ai trop souffert !.... Mais ta clémence
M'appelle encor ; je reviens pour toujours !

O ma mère, ô Marie,
Refuge assuré des pécheurs !
A ton autel j'ai retrouvé la vie,
L'amour a calmé mes douleurs.
Ta voix a conjuré l'orage,
Ta main me conduit à Jésus ;
Jésus !..... Il sera mon partage
Avec Marie, au séjour des élus !

MÈRE AIMABLE

Tendre Marie, ô mère aimable,
Votre beauté ravit mon cœur !
La paix du Ciel, paix ineffable,
Sur votre front reflète sa splendeur !
J'aime à vous voir, dès votre enfance,
Prémice heureuse d'un beau jour,
Belle d'amour et d'innocence,
Vous offrir à Dieu sans retour.

–∞–

J'aime à vous voir par la prière,
Les vertus et la sainteté,
D'un Dieu mériter d'être Mère,
A tant de gloire unir l'humilité !
J'aime à vous voir, douce Marie,
Bercer, nourrir l'Enfant divin,
Lui sourire, embellir la vie
Qu'il a puisée en votre sein !

–∞–

O douce, ô pure, ô sainte Mère,
O Mère aimable de Jésus,
A Nazareth, sur le Calvaire,
Partout en vous ont brillé ses vertus.
Nous vous aimons, Vierge bénie !
Nous vous aimons ! mais en retour,
Sur cette famille chérie
Abaissez un regard d'amour !

REGRETS DE MARIE

APRÈS L'ASCENSION.

O mon Jésus ! pourquoi sur cette terre
Me faut-il donc si long-tems demeurer ?
Dans cet exil, pour votre tendre mère,
Que reste-t-il ?... A gémir, à pleurer !
Depuis le jour où la voix d'un Prophète
Me présagea le glaive de douleur,
J'ai dû pour vous, j'ai dû courber la tête
    Sous les coups du malheur.

Divin Enfant, dans votre crèche obscure,
Qu'il m'était doux de contempler vos traits !
Sur votre front la joie était si pure,
L'amour brillait de si touchants attraits !
Mais il faut fuir !... Sur la terre étrangère
Il faut porter l'Enfant béni des Cieux :
Je vous avais !... Ma douleur plus légère
    N'était rien à mes yeux.

Quand sous l'abri de notre humble chaumière
Vous grandissiez en sagesse, en vertus,
Ah ! de mon fils j'étais heureuse et fière,
Et mon amour ne rêvait rien de plus.
Mais il fallut au Ciel en sacrifice
Offrir des jours qui m'avaient tant coûté,
Pour sauver l'homme, apaiser la justice,
　　Vous avez tout quitté !

Qui redira ma souffrance au Calvaire,
Mes longs regrets, mes tristes souvenirs ?
Pour l'exprimer, ah ! le cœur d'une mère
A seul assez de larmes, de soupirs...
Victorieux, de l'immortelle vie
Vous possédez les joies et les splendeurs.
Au Ciel vers vous, ah ! rappelez Marie,
　　Séchez enfin ses pleurs !

SOUFFRANCE ET CONSOLATION

LE CHRÉTIEN.

Enfant de Dieu, sur la terre étrangère
Ah ! que de fois j'ai soupiré !
Que de combats, ô Marie, ô ma mère !
Que de douleurs dans mon cœur déchiré !
J'ai vu partout gémir, succomber l'innocence,
Et dans l'oubli languir la vertu sans honneur.
Dieu ! n'as-tu pas, pour sauver, ta puissance,
Pour consoler, les trésors de ton cœur ?

—∞—

J'ai vu pâlir, au matin de ma vie,
Les purs rayons du saint amour,
Et par l'orage, abattue et flétrie,
Mon âme, hélas ! n'espéra plus le jour !
Pardonnez, pardonnez à ce doute infidèle.
Seigneur, et rendez-moi le courage et la foi :
Et vous, Marie, à votre enfant rebelle,
Tendez la main, sauvez-moi ! sauvez-moi !

—∞—

MARIE.

Enfant de Dieu, pourquoi, sur cette terre,
Lieu de l'exil, pourquoi pleurer ?
Pourquoi gémir ? Ne suis-je pas ta Mère ?
Crois, aime, prie, ose tout espérer !...
L'épreuve est le creuset où s'épure ton âme,
De tes combats un jour le Ciel sera le prix ;
De ton amour, ah ! ranime la flamme :
Viens sur mon cœur, mon enfant, viens et vis !

PORTE DU CIEL

RÉCIT.

Un exilé, jadis aux saules du rivage
    Suspendait sa lyre et pleurait.
Ses regards inquiets interrogeaient la plage
Et les Cieux et les flots, et priant, il chantait :

I

    Lieux fortunés, Sion, douce patrie,
Loin de vous, dans l'exil, ma jeunesse flétrie
 A langui sous le joug, sous le poids du malheur !
O mon père ! ô mon Dieu, dans sa coupable ivresse
Mon âme avait brisé les liens de ta tendresse,
Mais partout n'a trouvé que larmes, que douleur.

II

    Qu'ils étaient purs ces jours de l'innocence,
Où le Dieu rédempteur venait, par sa présence,
Répandre dans mon cœur la lumière et la paix !
Sans crainte et sans remords, heureux comme les anges,
Mon âme avait comme eux un hymne de louanges,
Et redisait comme eux sa gloire et ses bienfaits.

III

Porte du Ciel, Marie ! à ma souffrance
Ouvre accès dans ton cœur, et rends-moi l'espérance,
Et la paix et l'amour, ces biens que j'ai perdus !
Tu le peux, ô Marie ! Oui, ta sainte prière
Peut rendre à l'exilé sa patrie et son Père,
Et ces biens reconquis, il ne les perdra plus.

Paris. — Imp. FÉLIX MALTESTE et Cie.
Rue des Deux - Portes - Saint - Sauveur, 22

www.ingramcontent.com/pod-product-compliance
Lightning Source LLC
Chambersburg PA
CBHW061623180626
46818CB00005B/2212